백무산 시집

길은 광야의 것이다

길은 광야의 것이다

차 례

제 1 부

제 3 부

제 1 부

풀씨 하나

이렇게 작은 풀씨 하나가
내 손에 들려 있다
이 쬐그만 풀씨는 어디서 왔나

무성하던 잎을 비우고
환하던 꽃을 비우고

마침내 자신의 몸 하나
마저 비워버리고
이것은 씨앗이 아니라
작은 구멍이다

이 텅 빈 구멍 하나에서
어느날 빅뱅이 시작된다
150억년 전과 꼭같이
꽃은 스스로 비운 곳에서 핀다

이렇게 작은 구멍을 들여다본다
하늘이 비치고

수만리 굽이진 강물소리 들리고
내 손에 내가 들려 있다

운주사

운주사에 가서 보아라
누가 이런 절을 지었나
모른다 한다 누가 천불천탑
왜 만들었나 모른다 한다
몸은 네 몸일지 몰라도
남의 주장 잔뜩 지고
무량겁을 다녀도 모른다 한다

가서 보아라 그곳에 내 얼굴 네 얼굴
찾아보아라 그 가운데 하나는 내 얼굴이다
천불이면 뭇사람 얼굴 다 담고
천탑이면 모든 마음 정성 다 세우리
가서 비춰보면 그 가운데 하나는
반드시 내 얼굴이고
가서 올려다보면 그 가운데 하나는
내 마음을 닮았으리라
비춰보니 내가 곧 부처라 하고
우러르니 내가 곧 하늘이라 한다

운주사에 불상도 이제 불탑도 몇 없다 한다
버려지고 볼 것 없다 한다
그러나 운주사에 가 보아라
그곳에 내 얼굴 네 얼굴
없더라도 실망 말아라
부처라 해도 틀린 말
하늘이라 해도 틀린 말
나 아닌 것 다 벗고 가면
빈 운주사를 보리라

꽃은 단 한번만 핀다

물이 빗질처럼 풀리고
바람이 그를 시늉하며 가지런해지고
봄이 그 물결을 따라
흔들리며 환한 꽃들을 피우네

새 가지에 새 눈에
눈부시게 피었네

꽃은 피었다 지고
지고 또 피는 것이 아니라

같은 눈 같은 가지에
다시 피는 꽃은 없다
언제나 새 가지 새 눈에 꼭
한번만 핀다네

지난 겨울을 피워올리는 것이 아니라
지상에 있어온 모든 계절을
생애를 다해 피워올린다네

언제나 지금 당장 모든 것을
꽃은 단 한번만 핀다네

그 쬐그만 것이

나 그때 넘어져서 보았다
온몸에 멍이 들고 상처를 입고
쓰러져 얼굴을 처박았던 곳
그 코앞에 핀 쬐그만
냉이꽃 한송이를

내 생애도 무너지고
세상도 온통 균열이 지는 통에
그 쬐그만 냉이꽃 한송이가
아주 쬐그만 것이 그 무심한 것이
바람도 없이 흔들리고 있었다
땅의 일이라고 전지구의 사건이라고
온몸으로 감당하고 있노라고

날 보고 그 쬐그만 것이
저 무지하게 큰 세상이
아무렴 그보다 더 큰 내가
금이 가고 와르르 무너지고 있는데
무슨 일이냐는 듯이

지금 지구를 이고 지구를 버티고
감당하고 있는데

도대체 무슨 일이냐는 듯이
교미하는 거북이 파리 귀찮아하듯이
무슨 일이냐는 듯이
아직 저 쬐그만 냉이꽃의 일도 모르는
내 코앞에서 그 쬐그만 것이

지구에 앉아 밥을 먹는다

보리밭에 앉아 밥을 먹는다
얼마 만인가 이렇게 뒹굴어도 본다
더운 바람이 풀내음을 몰고
내 폐부에 혹 끼쳐오면
시간은 아득히 역류한다

풀잎들이 팔랑팔랑 몸을 뒤집고
하늘이 출렁거리며 지구가
태양에 뜬 가랑잎처럼 흐르고
보릿대가 종아리를 간질이고
밥을 먹는다 지구의 살냄새를 맡으며

지구가 흔들리다 눈앞에서 그만
궤도를 풀고 풀잎처럼 흔들리고
구름파도를 타고 아득히 흐르다
뒹굴다가 그만 내 앉은 자리도 잊어버렸다
자리를 잊었다니, 내가 이 우주의
어느 자리를 차지하고 있었던가

지구의 살냄새가 나를 데려가는 곳
그 시간의 품속이 그저 아득할 뿐인데
내가 딛고 있는 이땅이 그저 출렁거릴 뿐인데
출렁이는 물결 어느 자리를
차지하고 있었던가

아, 이제 날 수정할 수는 있겠다
사는 짓도 인생도 내 아직
털끝 하나 잡지 못했어도
이제 날 수정할 수는 있겠다

에밀레

종 하나 만드는데
아이를 집어넣다니

그러나 수천 수만의
아이를 넣어야 하리

정성도 정성이거니와
지극한 마음 하나
아이 같은 마음 하나
모태를 그리워하는 간절한 마음 하나

어머니를 향하는 소리
모태를 비추는 울림
태어나기 이전 모태 이전
그 이전의 이전에
사무치는 소리

벌건 쇳물에
백척 장대 끝에서

한걸음 뛰어든
그 아이

드디어 세상의 모든 소리가
일어나는 자리를 보느니

거꾸로 비추는 거울

뿌리가 머리인 나무는
머리를 땅에 두고 산다
허리를 다 벗고 꽃인 음부를 드러내고
아름다운 성기를 한껏 발기한 채 뽐내고

나무는 이해할 수가 없다 인간들이
왜 저리 떠벌리고 싸돌아다니고
게걸스럽게 처먹는지

인간들이 지구를 갈기갈기 찢어놓는 동안에도
그들은 지구의 심장을 지킨다

인간의 머리는 거만하게 하늘을 향해 있으나
나무는 땅을 향해 감추고 있다
나무는 인간의 모든 것과
뒤집혀 있고 모든 것을 부인한다

나무는 거꾸로 나를 비추는 거울이다
유리거울로는 알 수가 없고

사람을 거울삼아도 아무래도 알 수가 없어
푸른 나무거울 하나 걸어두었다

촛불 시위

하나의 불꽃에서
수많은 불꽃이 옮겨붙는다

그리고는
누가 최초의 불꽃인지
누가 중심인지
알 수가 없다
알 필요도 없어졌다

중심은 처음부터 무수하다

그렇게 내 사랑도 옮겨붙고
산에 산에
꽃이 피네

사는 일이 아니라 그리워하는 일

이게 사는 일인가 돌아본다
언 땅이 녹으면 되리라
꽃이 피면 되리라
비바람 계절만 지나면 되리라
언제까지고 이게 사는 일인가 돌아본다

삶은 언제까지고 유보되고
삶은 그리움으로만 남고 우리는 사라진다

사는 일과 유보하며 사는 일
나와 나의 허구가 대칭을 이루며 산다

돌아보니
살았다 해야 하나

아, 산다는 말은
틀린 말
그리워하는 일이라고
할 말을

참을 수 없는 또 한 시대가

흔들리며 배 하나 떠나가네
안개로 흐려진 수평선엔
이제 막 고흐의 해바라기 같은
시든 해 하나 지고
금빛 잔잔한 물결 위로
새들도 박힌 듯 날은다

한 세기가 다한 바다
격정과 눈물과 폭풍이 지나간 바다
이 텅 빈 겨울 바닷가에
뜨거운 숨결 하나 없이
눈물 하나 없이 아, 사라지는
뒷모습에 던지는 젖은 시선도 없이
물위에 흔적도 남기지 않고

그러나 과거를 남기지 말아라
이제는 저 모든 사라짐의 쓸쓸한 긴장도
현재가 되게 하라
생존과 현재는 저 허망의 거리까지

확장하라
인생은 길이 아니라 광장에서
다시 시작된다
생애는 시간이 아니라 바다에서
다시 출렁거리게 하라

과거를 남기지 말아라
과거는 죽은 시신들뿐이다
과거는 다만 현재를 확장할 뿐이다
참을 수 없는 또 한 시대가 격랑을 시작한다

인 연

여자는 이고 가는 새벽 동잇물처럼
걸을 때마다 몸 전부가 찰랑거렸다

여자는 움직일 때마다 비단천 꽃무늬가
온몸에 물무늬처럼 흔들리며 속이 다 비쳤다

여자의 눈은 석류알 촘촘히 박힌 투명한
알갱이들이 서로 먼저 구를 듯이 시리도록 반짝였다

이것은 조화인가 착각인가
이래야 할 목적이 있다던가
자연의 착각이 아니라면 짓궂은 순리인가

저를 세상에 나게 하고
온갖 고통에 시달리게 하고
갖은 욕망을 좇게 하고 마침내 추하게 하며
끝내 구더기가 우글거릴 터인데
어디까지가 자연의 착각이며
어디까지가 인간의 고의인가

깃발도 바람도 아니고
그저 나의 착각일 것인가
어리석은 이 마음 아직 미치지 못해
기껏 이 아름다운 한때를 있게 한
무량겁의 인연이나 생각할 뿐이네

듯

잊은 듯
깜박 잊은
듯

이슬방울이
서로 만난
듯

불을 이고
폭풍우 바다를 이고
사뿐한
듯

눈 한번
감은 듯이
천년 흐른
듯

나인 듯

너인
듯

찔레꽃

찔레꽃 흐드러진 들길을 걷고 있었습니다
우리 가운데 누가 그녀의 소식을
무심코 전하는 것이었습니다
새들이 찔레나무 가지에서
일제히 날아올랐습니다
내 마음 들킬까봐 안색을 바꾸었지만
마음은 소란해지고 있었습니다

잘되었지 뭐, 아프면 한 열흘은 아프라지
아주 한 석달은 누우라지
나 없는 오월에 저 혼자 날개를 달아선 안돼
아주 삼백날은 누우라지
네 꽃잎이 다 벌어지도록 이슬 하나 보탠 일
없는데 어찌 네 향기에 젖을 수 있겠나

아프거든 아주 한 삼년은 아프라지
내 손길 닿지 않고서도 네가 멀쩡하게
나을 순 없지 없고말고
시절 인연 못 만나 날 못 만나 그만 불행하라지

아프거든 아주 그만 죽어버리라지
내가 네 곁에 없는데 넌 무슨 의미로 사느냐
애태우다 그만 가라지 아주 아주 가라지

어쩌나 이런 이런 내가 왜 이러나
감기 걸린 사람 두고 내 마음 이리 방정이냐
물떼새 똥구멍마냥 호들갑이냐

오, 찔레꽃 향기 때문에
이 나라 눈물 나는 저 희디흰 빛깔과
서러운 여인의 눈물 머금은 저 향기 때문에

하나인 사랑

바닷물이나 이슬방울이나
똥통의 물이나 어머니의 젖이나
물은 하나이다 성질이나 상태나
입자나 분자구조나 꼭 같다

같다는 것은 하나라는 것이다
하나라는 것은 여럿이 아니라는 것이다
같다는 것은 여러 곳에서 봤지만
본래는 하나라는 것이다
여러 사람이 마셨지만 하나가
여러 사람 목구멍에 들어갔다는 것이다

여러 곳에 동시에 있다는 것이다
하나의 허공을 여러 사람이
동시에 차지하고 있다는 것이다

사랑도 하나
그 하나를 모두가 누리고

생명도 하나
그 하나를 모두가 차지하고

예 감

낯선 여자가 낯선 남자를
불러 손짓하듯이
그가 나를 방으로 불러 올렸다

그의 무릎 앞에는 내가 베껴둔
동파의 시가 있었고 나에게 묻고는
못 참아 그가 대답했다
가랑비에 젖은 불의 산에 대하여
여전히 흐르는 끊어진 강에 대하여
붉은 꽃에 대하여 이름뿐인 생사에 대하여
그는 말의 홍수를 퍼부었다

유심에서 무심으로 향하는 길과
다시 무정에서 유정에 이르는 길에 대하여
잡는 나와 잡히는 나무와
듣는 나와 소리를 내는 새와
들어온 물건과 비추는 물건 모두
나 아닌 것이 없으니
나인 것도 없고 당장 아무 일도 없고

털끝만큼도 모자람이 없는 나라에 대하여
난 이미 그 얘기를 듣지 않았다
떨리는 예감에 시달리기를
백년은 넘은 듯했다
자유——그 자유를 얻지 않고
스스로 자유가 된 사람

그를 배웅하였다
찔레꽃 흐드러진 노을진 산길에서
그림자 길게 끌고
나는 남고 그는 갔으나
가는 자가 나인가 남는 자가 나인가

아, 그러나 미쳐버린
우리들 생애가 저기 있다
비릿한 우리들 삶이
질척한 곳에 폐기 처분된 금지된 희망들이
눈물과 콧물과 똥물로 얼룩진 우리들 사랑이
연민도 성냄도 집착도 욕망도 모두

껴안고 가야 할 먼길이 있다

가서는 그래 가서는 다만 그 엎어버리고
훨훨 날려버리고 쏟아버리기 위하여
마침내 지고 가야 할 연체된 업은 또 어이하나
어이하나 그 애달픈 마음도 끌어안고 어이하리

나는 남고 그는 가네
처음 마주친 떨리던 눈길 한번의 인연을 두고
손을 들어 떠나 보내듯이
떨리는 예감을 어쩌지 못하고
발길 돌리듯이

그   집

남의 집을 방문하거든
가만히 그냥 가만히 구조를 둘러볼 일이다
그 집의 상태는 주인의 두뇌 구조와
꼭 일치하는데

여기저기 먼지가 쌓여 있거든
주인의 머리에도 곰팡이가 슨 줄 알고
화분의 흙이 메말랐거든
그 머리도 이제 식어가리라
벽은 그 사람 음악적 감각을 표현하고
바닥에서 그 사람 계산 능력을 보리라
책상 위에는 그 사람의 미처 오지 않은 미래가 있고
부엌엔 그 사람 성적인 취향도 있으리라

그런데 내가 알 수 없는 집 하나 있으니
비바람 햇볕은 가리고 있으나
전혀 집이 아닌 그 사람 집
천정엔 구름이 지나고 벽엔 푸른 나무들
언제나 물들이 들어왔다 나가는 그 집은

눈이 왔네

문득 기척도 없이 놀라
거친 꿈에서 깨었네
싸늘한 바람이 먼저 이마를 치네
방문을 열었네 아,
기척도 없이 나를 깨우던
저 소리가 하늘 가득 내리네
눈이 왔네 폭설이 왔네

산골집 마당이 빈틈없이 희고
하얀 대문을 나서니 거리는 모두 흰색
하얀 마을을 지나 놀라워라 끌리듯
하얀 들판이 나를 부르네
흰 들판에 흰눈이 다시 내려 희고
누가 부른 듯 산을 하얀 산을 올랐네
산에서 내려다보는 천지
천지가 모두 흰색 흰색

이렇게 천지가 밑이 빠지려나
내 마음의 밑이 이리 흰 허공으로 빠지려나

오, 그리움의 천지여
아무리 발버둥쳐도 한발자국 내딛지 못하는
죽은 관념의 덫에 걸려 사는 나여
못내, 그리움의 천지여

저 희미한 집

세한도

저 집은 내가 아는 집이다
저 집엔 사람이 살지 않는다
짓다 말고 떠난 주인은
다시는 돌아오지 않았다

비바람에 지붕이 낡고
눈보라에 기둥이 삭아 희미하다
애당초 저긴 집터가 아니다

일찍이 시절이 그를 내몰아
먼길 돌아 반백이 되어 돌아왔다
그러나 비바람에 너무 익숙해지고
이미 길과 너무 닮아버린 그가
휘어지도록 지고 온 것은 외로움이었다

그가 떠날 때 흘리고 간 꿈 한조각이
그 닮은 한그루 나무가 되어
휘어지는 외로움의 무게로 서 있다
더이상 기다릴 일도 없으면서

기다리는 자세 그대로
눈 그치고 찬바람 불지 않아도
그 자세 그대로 휘어져 바라보는
온기 하나 없는 저 희미한 집은
내가 아는 집이다

문

닫아도 열리고
닫아도 열린다
목수가 날림공사를 했나
처음엔 꼭 맞던 문이 굳으면서 기울었나

그만 그냥 두어라
생명이란 물질이 기울어진 것이거니

그냥 두어라
기울어졌으니 밖을 보지 않느냐

바로 세우자니 통조림처럼 숨막히고
기운 채 두자니 세상과의 불화가
끝이 없구나

그냥 두어라
기울어진 사람 하나
기울이지 않고 어떻게 비우나

제 2 부

묘 역

저 싸늘한 돌에도
이제 뿌리내려라

저 차디찬 빗돌에도
수액이 돌고 새순 돋아라

이제는 피묻은 돌이 아니다
죽은 자의 원한 새긴 돌 아니다

눈부신 햇살에 녹여 스스로 분노에 녹여
아, 갈고 또 갈아버린 흰뼈들 녹여
한잎 또 한잎 잎을 열어라

우리가 이제 죽어서 이기는 길은
이 차디찬 돌에 피를 돌게 하는 일이다

나무가 되어라 숲이 되어라
푸른 잎새들 무수히 무수히 머리에 이고
그만 살아라 살아라

이제 죽음마저 껴안으니
모든 것을 버리고 얻은 생명
푸르고 푸른 숲으로 살아라

연두색 크레파스

연두색 보면 내 아직 가슴이 뛰네
어린 첫가슴이 뛰네

보리밭 깜부기와 나란히 서면
눈썹에 얹히던 초등학교 2학년 어린 날
성내 조양각 사생대회장까지
날 바래다주시던 선생님
그것도 몽당한 것뿐이던
내 일곱색 크레용 대신
스물네색 크레파스를 빌려주시던
스물두살 여선생님

봄빛 금호강이 시리도록 푸르고
강가 버들강아지 연두색 움이 트는데
까만 고무신 깔고 앉아 첨 칠해본
연두색 크레파스 일곱색 어린 내 크레용에는
없던 크레파스 내 가슴에 없던 빛깔

물빛에 어리던 연두색 버들잎

내 첫가슴의 빛깔에 물무늬 지던 첫얼굴

그로부터 숱한 세월 흘렀네
그로부터 빛깔 속을 찾아 헤매었네
그것이 빛깔 속에 있는 줄 알았네
내 사랑이 빛깔 무늬 속에서 잠들었는 줄 알았네

이제 난 지쳐 돌아가려네
그림자였네 다만 그 숱한 빛깔은
그림자의 이름이었네
그러나 돌아갈 길 잃었네
이제 누가 내 손을 잡고 데려다줄 건가
아직 있을 것 같은데
연두색 물빛이 일어나던 그 자리
봄빛 타는 그리운 내 마음의 강가에

그녀가 사는 곳

나는 강으로 가야 한다
그 푸른 강물엔 그녀가 살기에
그곳에 가면 지친 내 의식에
젖을 물리기에

거슬러 오르는 물고기들을 풀어
내 의식의 무생물의 늪을
봄강물 은어떼로 차고 오르게 하여
사정없이 날 흔들어 깨우는
으스름 물결 속에 그녀가 사는 곳

나는 숲으로 가야 한다
그 숲엔 그녀가 살기에
그 아래 내 숨가쁜 기척이 들리면
그만 녹색의 물결을 솨솨 풀어
푸른 독성의 바늘들을 혈관으로
밀어넣어 식은 내 살기둥 하나
하나 발기시키고는 숲그늘에
내 의식의 모든 회로를 씻어내는

그 숲에 몸을 감추고 그녀가 살기에

나는 마침내 대지로 가야 한다
내 노동의 대지에 그녀가 살기에
내가 기꺼이 땀을 뿌리면 생명의 잔뿌리들을
다 받아주고 내 잠깬 몸에 생명의
어린 싹을 키우도록 젖을 물린다
나는 가야 한다 그녀가 사는 곳

없는 현실

그리 틀린 말은 아닐 것이다
날 오랫동안 지켜본 사람의 말이라
날 보고 십구 세기에나 살았으면 좋았겠고
이십일 세기에도 어울릴 것 같은데
이 시대에 살기엔 참 곤란한 존재란다

맞는 말이다 난 여태 현실을 한번도
잡아본 적이 없는 사람이다

과거나 오지 않은 미래도
나는 잡을 수 있겠다
잡히는 것은 현실이 아니다

나비를 잡으니 나비춤은 사라지고
파도를 잡으니 물결무늬가 사라지고
꽃을 잡지만 봄물결은 사라지고
너를 붙들지만 사랑은 사라지고

잡히는 것은 망상이라는 물건뿐

나는 아예 손을 털 생각이다
살았느냐고 묻지 않을 생각이다

세상의 중심은

숲으로 가는 길은 세상을 등지는 일이 아니다
산에 오르는 일은 세상을 벗어나는 길이 아니다

세상을 벗어날 생각으로 그곳에 간 사람들은
그곳에서 이상한 세상 하나 더 만들고

세상에 그냥 묻혀 살자고 사는 사람들은
틈만 나면 세상 벗어날 궁리나 하고

세상을 집요하게 붙들고 살자는 사람들은
자신이 붙들고 있는 것이 마침내 무엇인지도 모르고

세상 한가운데로 이르는 길을 가고자 하나
욕심에 흐려진 눈으로는 길을 밝힐 수 없고
나의 중심을 만나러 가고자 하나
맑은 거울 하나 없고

내 눈을 씻는 물결은 산에서 일어나고
내 중심을 깨우는 바람은 숲에서 분다
그러나 세상은 가운데가 따로 없다

정이 먼저 일더라

책 한권 사 들고 돌아가는 길
어쩌다 봄마저 잃어버린 공단마을길
요즘 들어 이리 들뜬 걸음 없었으리

신경림 시집 한권 사 들고 가는 길
내게도 이런 기쁨 숨어 있었나
옛사람 누구는
여인에게 거문고를 청하고는
현이 울리기도 전에
정이 먼저 일더라던데

표지도 열기 전에
가락이 먼저 이는구나

세월도 숨찬 고개
넘어 들길에 이르니
말보다 가락이 저만큼 앞서가네

봄이 와도 봄을 맞을 마음이 빗장을 못 열더니
오늘은 그 님의 가락에 실려서 오네

태곳적 사랑

뒤집히는 바다에 비는 퍼붓고
쓰러지는 숲 위로 다시
돌풍이 훑어가는 새벽 다섯시
해일은 겨울바다를 들끓이고

검은 구름이 쏟아질 듯 빠르게 흐르고
방파제를 차고 수직으로 솟는 파도
한걸음만 나가 디뎌도
천길 낭떠러지에 삼켜질 것 같은

이 캄캄한 진공의 공포 가운데
내 발길을 잡는 것은 무언가
한사코 가슴에서 치솟는 것은 무언가

아 그대 향한 내 그리움에는
아직도 문명 한점 싹트지 못하였네

태곳적 파도 태곳적 천둥 그대로
내 그리움은 공포에 떨고 있네

출렁거리는 사람

이건 좋은 것이라 하고
저건 어여쁜 것이라고 해놓고
그렇게 믿어버리는 사람이 부러웠다

저것을 붉은 것이라 하고
그것을 산이라 하고 구름이라 하고
그렇게 의심치 않는 사람이 부러웠다

이것을 내 것이라 하고
이것을 내 몸이라고 하고
이것을 내 마음이라 하고
그대로 믿어 의심치 않는 사람이
정말 나는 부러웠다

집을 지어놓고 이걸 내 집이라고 하고
이걸 사는 것이라 하고 태연하게 사는 사람이
나는 정말 부러웠다
바람도 없이 나는
왜 이리 출렁거리는가

사랑은 어디서

사랑이 어디서 시작되는지
귀를 기울이네

한 소리가 일어나기에
그 소리 일어나는 곳에
귀를 기울이네

물소리 들리네
산골 새벽 깊은 여울
찬물 돌아가는 소리

그 물소리 일어나는 곳에
귀기울이네

바람 한점
없는 곳에서 일어
천지를 빈틈없이 채우는
그 마음 한점 일어나는 곳에
귀를 기울이네

눈을 감아라

깊은 곳이 있거든 그저 들여다보고
끝 모를 곳이 있거든 눈을 감아라

저 산은 낮아도 안으로 깊고
저 강은 얕아도 흐름을 다한 적이 없다
그대 그리는 이 마음에도
눈을 감고 입을 닫으니
그 아득함은 알 수 없어라

어찌 이리 무작위로 끌고 나와
예 아니오 흰가 검은가
고문자백을 받아내었나
말라 비틀리게 했는가

깊은 곳이 있거든 깊은 곳으로 가고
끝 모를 곳이 있거든 끝 모를 곳으로 가고
우리는 어두운 모태에서 나왔으나
모태도 또다른 모태에서 왔으니
알 수 없거든 알 수 없는 곳으로 가고

흰 언덕 붉은 골짜기

내 아주 어렸을 적에 꼭 한번
따라가본 여자목욕탕

그 둥글고 매끄럽게 파도치는 곡면들과
따스하고 풍만하고 희고 붉은
언덕과 골짜기들 흰 안개 자욱하니
언덕마다 메아리져 울려오는 물소리들

내 어디서 왔을까 훗날 그 의문들이
흰 안개 둥근 산 붉은 골짜기로 미끄러지는데

탈의실에 나와서 마주친 얼굴들
그 거칠고 메마르고 추한 모습과
표정과 욕설과 무서운 눈빛들과

내 아직 알 수 없어라
둘 중 하나는 착각이려니

우리가 벌써 그 언덕인데

사는 일도 숨쉬는 일도 이리 조잡하고
메마르고 어리석고 거칠다

저리 둥글고 환한 것이
자신의 것으로 살아온 줄 모르고

밝고 둥글고 환한 자리 하나 잃어버리고
우리 사는 일이 이리 조잡하고 답답하다

산재병원

사후 조치는 끝났다
그는 아직 살아 있으나
이 병원 문턱을 넘기도 전에
영안실 비용과 화장장 비용과
보상금이 이미 다 결정되었다
이 병실에서 살아 돌아간 사람은 없다

언제 살긴 살았던가
벽을 바르고 서까래나 이었지
언제 살았던가 벽돌을 나르고
문틀이나 달았지 어디 살았던가
삶을 부지하는 목숨의 집으로
가는 길이 그리도 멀고 힘들었던가
마침내 몸이 무너져버린 끝에
한번 설핏 뒤돌아보았을 뿐
전에 못 본 환한 햇살 한줌을
눈부시게 돌아보았을 뿐

사후 조치는 이미 끝났다

아직 살아 있으나 그를 지웠다
우리들 뼈와 살로 지은 세상이 우릴 버렸다
살아서 공구와 기계와 함께 실려와
감가상각비로 계산되었다
폐기될 기계와 함께 실려와
산재병원에서 전표처리되었다

아 우리는 이제사 알게 되었다
인간으로 살기 위한 숱한 방황 끝에서
삶을 붙잡는 일이 본래 그리 난해하고
심오하고 어려운 일이 아니나
삶이 이미 다 계산되었기 때문이다

기억인 듯 전설인 듯

보이는 건 불빛 몇점
움직이는 건 솔잎 흔들고
가는 바람 몇점
토함산 산정 꼭두 네시

저 불빛은 감은사로 향하는
뱃길 불빛인가
봉길 바다 반야선 불빛인가
여명도 없는 동해는
일주문 앞에 와서 출렁이는데
어디선가 외마디로 우는
쇳소리 계명성

이것은 기억인가 전설인가
이 산 깊은 골에서 내 아주아주
오래 전에 맞았던 아침
텅 빈 몸으로 들었던 저 소리
씨를 심고 밭을 갈고
돌을 쪼아 새긴 그리움

탑이 되어 기다려온 천년을
등불 하나 켜두고 살았던 전설을

출렁거린다

냇물이 흐르듯이
강물져 흐르듯이
시간도 우리들 생애도
흐른다 하지만
흘러 돌아오지 않는다 하지만

그대여, 따라 흐르지 말고
거슬러 흘러라
시간이 아득히 역류하여
제 고향 찾아 다다른 곳
저 바다처럼 아득한 곳

그대여, 이제 이곳에 와서 살아라
잃어버린 것에 대한 슬픔도
미지에 대한 공포도
이제는 잊어버려라
우리들 생애가 다만
출렁거린다

살았느냐
죽었느냐
사랑하느냐
다만
출렁거린다

이 름

꽃도 이름을 가질 수 있어
꽃이름도 알고 불러주어야 하지만
자꾸 억지 이름 달아 무엇에 쓰나
정다운 우리 들꽃 이름 부른다지만
그 품에 어울리는 꽃이름 몇이나 되나
일하는 사람들이 부른 이름
아니고선 제 이름이 있나

꽃은 뒷전이고 이름을 보나
이름 없는 걸 이름 불러 깨운다지만
어둠에서 밝은 곳으로 불러온다 하지만
나는 밝고 너는 어둡단 말이지

내가 당신을 애타게 부르지만
실은 내 욕심을 부르는 것 같아
오늘도 나는 당신 이름 어떻게 잊을까
그 생각뿐이네

물 빛

사람 사는 소리가 웅얼거려 알 수가 없다
밖으로 가니 안이 그립고
안으로 가니 밖이 그립고
안팎을 하나로 하겠다고
얼마나 덤볐던가
저 물빛은 안인지 밖인지

오늘 아침 얼음물에 빨래를 하는데
그 물빛이 어찌나 눈부시던지

흔 적

이 나라 산 깊은 산 낮은 산
야산 명산 어디를 올라가도
길을 따라 길 아닌 곳을 따라
가도 내가 처음이 아니다
사람 산 흔적이 있다
산이라도 집 지을 평지가
없는 것 아니건만 바위 벼랑에도
돌담이 있고 우물터가 있고
방아를 놓았던 자리가 있다

내 그리 길지 않은 수배 생활에도
발 뻗을 지상의 방 한칸이 사무쳤다

사람 살 만한 땅이 그리 귀했을까
바위 위에 돌담을 쌓아 밭을 이룰 만큼
들짐승들에게 식구를 잃어도
어쩔 수 없을 만큼
지독한 외로움의 공포도 견뎌야 할 만큼
마을은 무서웠을까

사람들이 무서웠을까

낫을 들었던 자도 있었을 것이다
죽창을 들고 횃불을 들고
높은 집에 불을 지른 사람도
달아난 여자도 못 이룰 사랑을
업고 온 사람도 집도 잃고 사랑도 잃고
한을 삭이며 피눈물 흘리며 온 사람도
그뿐이랴 마음을 잃고 천지간에
머물 자리를 잃은 사람도 있었을 것이다

이 나라 산천 어디고
눈물 뿌리지 않은 땅이 있으랴

저 떨리는 손에

서른도 넘은 자가 그것도
대학물도 먹었다는 녀석이
내가 옆에서 듣자니
치질 걸렸다고 하소연하는 친구에게
아는 치과가 있는데 가보겠냐고 한다

여태 몰랐단다 서른이 넘도록
정치가 정치권에 있는 줄 알았단다
국회에 청와대에 정치가 있는 줄 알았단다

그곳에 있는 것은 비리와 부정과 야합뿐 부정이 한탕을
처먹으니 비리가 이를 폭로 협박하고 부정이 이를 못 참아
비리가 열배는 더 해처먹었다고 언론을 동원하고 야합도
나서서 이를 진정시키자고 국민들에게 들통날 참이냐고 다
뒈질 작정이냐고 옥박지르고 비리가 참다 못해 국민의 이
름으로 단호히 부정으로 맞서고 부정도 참다 못해 역사적
결단으로 비리를 저지르고 마침내 국민들에게 묻자고 공문
서를 변조하고 야합이 시대적 요청으로 패거리를 헤쳐 모
여 시키고

주민등록증 챙기고 가슴을 쓸고
신성한 권리니까 표 하나 들고
정치에 도장을 찍으라는데
치과의사 얼굴에 똥구멍을 들이밀라는데

아직은 저 밖에 있으나
저 떨리는 손에 있으나
일하는 자의 거친 손에 있으나
아직 피어나지 못하고 있으나
더디게 오더라도 바쁘고 급하더라도

문 득

바람이 차다
빈 나무들이 바람에 흔들린다
오래 전에 진 나뭇잎들이
자갈길에 다시 불려와 뒹군다
여긴 어딘가

하늘빛이 눈에 시리다
드문드문 고인 물이 언 들판
언 땅 위로 바람이 달려와
여기저기 무심코 쓰러진다
여긴 어딘가

소리만 남고 새들은 형체도 없다
산들은 그저 한올 실오라기 선만 남기고
물빛만 남기고 물은 없다
여긴 어딘가

내 수십년 걸어온 이 들길에
오늘 새벽 발이 닿지 않는다
문득 내 발이 없다

한마음

한마음 지극한 자리도 없이
사랑을 안다 하느냐

한마음 사무친 자리도 없이
죽음을 안다 하느냐

실로 절실한 마음 하나 없이
삶을 안다고 하느냐

여태 그것이 양심이나 사상의
차이인 줄 알았다
나는 그것이 아는 것과
모르는 것의 차이인 줄 알았다
진실과 위선의 차이인 줄 알았다

믿지 말아라
사무친 마음 하나에 실려서
올 때까지

이　사

한 사람이 죽었고
남은 사람들이 이사를 한다
골목에 짐을 부린다
이불보따리와 찬장과 쓰레기통과
옆구리가 갈라지고 모서리가 뭉개진 것들
실밥이 터지고 칠이 벗겨진 것들
이리 묶고 저리 싸매어 짐을 부린다
삶의 물증을 확보한다

그를 버티게 해준 책들도
그저 바가지나 빗자루나 마찬가지 물건이다
모든 물건이 그의 손을 떠나는 순간
체온도 호흡도 끊어지고 있다
그의 체온이 남은 몇몇은
겁에 질린 듯 웅크려 떨고 있다

젊음을 송두리째 바쳐 노동한 사람의 물증이다
땀흘렸고 싸웠고 부수었고 고쳐왔던 것들
이것이 전부라니 어쩌겠나

그는 이미 이 물건들로부터
그가 마흔해를 깃들여 살던
몸뚱아리로부터 이사를 마쳤다
심증도 물증만큼 빠르게 사라질 것이다
그뿐이다 한 사람이 이사를 하였고
지금도 누군가 다시 태어날 것이다

그뿐이다 그뿐인 집 허공에
나 홀로 우두커니 서 있다
우리가 짓고 살았던 집은
벽과 지붕과 기둥이 아니다
그 가운데 이 허공 속을 살았고
그리고 우리는 마침내 버린다
우리는 무엇을 얻고자 싸우는 것이 아니다
그리고 우리는 떠난다

제 3 부

젖어서 갈 길을

그 집은 반석 위에 지어진 줄 알지만
말의 상징탑 위에 아슬아슬 걸렸구나
발은 대지를 흔들림 없이 딛고 있는 줄 알지만
말의 거품 위에 침몰할 듯 위태위태하구나

말 위에 꽃을 피우고
꽃 위에 말을 향기처럼 뿌리는 일은
이제 그만둘 때가 되었다

그것은 바위나 베어진 나무토막이다
건너야 할 강에 다리나 놓을 뿐
나는 이제 건너갈 생각도 없다

옷도 벗지 않고
다리도 걷지 않고
흠뻑 젖어버릴 것이다
건너는 일은 더이상
내게 목적이 아니다

내려다보는 산

내가 산에 저 험한 산에 오르는 까닭은
눈빛, 그 서늘한 눈빛 때문이다

내가 산에 저 험한 산에 오르는 까닭은
모든 것의 등뒤를 비추는
그 서늘한 눈빛 때문이다

나의 이 장난 같은 일상 가운데
엄습해오는 그 눈빛
모든 것의 등뒤에 와
퍼부어대는 소나기 같은 눈빛 때문이다

내가 산에 저 험한 산에 오르는 까닭은
내려다보는 산은 산이 아니기 때문이다

통과하라

내 삶을 내가 안고 업고 달래어
품에 안고 눈물 콧물 닦아주며
옷깃 여며주고 다독거려주지 못하고

일생의 시간 위에 내 호흡이 가지런히 놓이고
일상의 발걸음 위에 앞서거니 뒤서거니
목숨의 숨결과 어우러져 순간순간
확인되지 못하고

언젠가 곁에 누울 죽음을 내가 불러
밥 먹는 자리 똥 누는 자리
사랑하는 자리에도 불러
시계를 들여다보듯이 보고
그를 위해 자리를 비워두기도 하고
내 사랑과 나란히 손잡게 하지 못하고

그들이 그 빌어먹을 것들이
기름불길처럼 바짝 뒤따라오고
댐이 터져 흰 이빨을 세우고 어느새

안간힘을 쓰고 달아나는 내 발
뒤꿈치에 비밀경찰처럼 뒤쫓아와 있으니

경찰에 쫓기는 자만이 수배자가 아니다
손 한번 내밀어주지 않고
얼굴 한번 보여주지 않는 것들이여

그만 걸음을 멈추어라
돌아서라 그리고 통과하라

살리는 사냥

그것은 정치적이었다
생포하든 사살하든 자유였다
일천원 현상금도 붙었다
그리하여 온갖 단체들이 깃발을 올리고
황소개구리 사냥대회가 열렸다

풀밭에 긴 테이블이 펼쳐지고
큰 유리병과 그물포대엔 생포한 개구리들이
버둥대며 꿈벅이며 쳐다보는 가운데
삶는다 굽는다 펄펄 끓는 기름에 튀긴다
맛있어요 치킨맛이 나요 아이들도 어른들도
원수의 살을 찢어 씹는다

그들은 살았던 대로 살았을 뿐이다
그런데 갑자기 인간들의 원수가 되고
증오의 표적이 되었다 그들을 학살하기
위해 코흘리개 지원병도 모집했다
토종 생물들을 잡아먹는다고
민족 감정에 불을 질렀다

저들이야 제 동족이 튀겨지는
참상을 모를지도 모르지만
아이들이 개구리가 되어 온몸이 뜨겁다
살리자고 왔는데 죽이고 찢어 먹고만
가는 것 같은 아이들 가슴이 기름에 데었다
돌아가는 아이들 온몸이 데었다

이 나라에는 개구리 하나 잡는 데도
정치적이라야 한다

살아 있는 길

나 전에 옛사람에게서 이렇게 들었다
말이 달릴 때 필요한 땅은
말발굽 닿는 면적만큼만 필요하다
그러나 그 면적만 남기고 나머지는
벼랑을 만들어도 말은 달릴 수 있나

그것을 과학이라고도 불렀다
그것은 이념이라고도 불렀다
작은 오차도 발견할 수 없는 이 길을
나사보다 더 명쾌히 확정된 이 길을
왜 못 가느냐
훈련 부족이라 하고
의식 무장이 덜 되었다 하고
속성 개조에 실패했다 하고
욕망과 사욕의 본능 때문이라고 하고

발굽만큼 남은 땅을 길이라 하는 거냐
말이 유기물인 만큼 길은 연속적이다
밟지 않은 곳

남겨진 그곳
풀이 자라고 꽃이 피고 지는 곳은
그곳인데

선량한 권력

옥상 위에 놓인 물탱크 청소를 한다
언제부터인가 수도에서 냄새가 났다
발목까지 빠지는 침전물은 썩어
악취가 나고 온통 하수도나 같다
물은 계속 들어오고 또 나가므로
언젠가 새 물갈이가 저절로 되리라 믿었던가
썩은 물이 빠지고 천천히
선량한 권력이 들어올 것이라 믿었던가

행여 이타적인 권력을 꿈꾸는가
정직한 권력을 꿈꾸는가
착하고 선량한 권력을 못내 기다리는가
이타적인 자는 권력 경쟁의 무기가 항상 부족하고
착한 성품은 더이상 권력을 꿈꾸지 않는다
정직한 자는 스스로 백의종군을 원한다

행여 아름다운 권력을 꿈꾸는가
혹시 겸손한 권력을 기다리는가
그렇다면 권력을 지배해야 한다

권력은 종말에 가서야 아름답다
아름다운 권력은 박살이 난 권력이다
모든 걸 잠그고 끄고 한번씩 비우는 순간
권력은 그때만 겸손하다
권력 아닌 것으로 권력을 비우라
그렇다면 권력을 지배해야 한다

너희들이 손댈 수 없다

남의 물건을 누가 함부로 손댈 수 없다
저 맑은 산과 강을 인간이 함부로 손댈 수 없다
애써 지은 농사를 어떤 놈이든 짓밟을 수 없다
손댈 수 없다
너희들이 함부로 손댈 수 없다

이것은 피로 만든 것이다
지상에 노동자가 생긴 이래 단 하루도
멈추지 않고 흘린 피로 만든 것이다
노동법은 노동자의 피로 만든 역사이다

독도를 왜놈들이 함부로 손댈 수 없다
우리 사랑이 아무리 남루해도
너희들이 이래라 저래라 손댈 수 없다
이 나라를 미국놈들이 함부로 손댈 수 없다

이것은 권력이 만든 것이 아니다
법률가가 만든 것이 아니다
이것은 학자가 만든 것이 아니다

노동법은 자선가가 만든 것이 아니다
성인 군자가 만든 것이 아니다

산업혁명의 나라 영국의 그 시절
노동자의 평균 수명은 열다섯 ! 살이었다
과로와 폭행과 살인과 유아 노동과 굶주림으로
노동자들의 평균 수명이 열다섯에 불과했다 !
이것은 전세계 노동자의 공동 운명을 예고했다
이 가공할 전쟁보다 처참한 노동으로부터
해방되기 위해 싸웠고 피흘렸다

이것은 저항과 투쟁과 혁명과 피로 이룬 것이다
권리도 선거권도 보호받을 법도 없던
노동자들이 피를 바쳐 한줄 한줄
만든 것이 이것이다 고작 이것이다
소중한 이것이다
너희들이 함부로 손댈 수 없다

실업은 우연이 아니다

실업은 잘하면 피해갈 수 있는 무엇이 아니다
경기 탓도 아니다 금융식민지 때문도 아니다
실업은 자본주의를 버티게 하는
몇 안 되는 기둥 가운데 하나다
실업은 노동의 무덤이며 자본의 강력한 무기다
위기가 기회인 것은 저들의 구호다
저들은 이 위기에 강력한 무기를
손아귀에 넣을 음모를 꾸민다

고통을 분담하자고 한다
저들이 우릴 보고 허리띠를 졸라매라고 한다
우리가 유사 이래 어느 시대에
고통을 전담하지 않았던 때가 있었느냐
우리가 태어나서 어느 호시절에
허리띠 한번 풀어본 적이 있었느냐
너희들이 손댈 수 없다
아 너희들이 함부로 손댈 수 없다

더러운 음모가 다시 시작되었다

교활한 악선전이 조직적으로 가동되었다
눈알이 빠지도록 보아라 저들이
다시 단결을 시작했다
눈에 불을 켜고 보아라 저들끼리 악수를 나누고
겉옷을 바꿔 입고 안색을 바꾸면서
귓속말을 주고받고 있다
정부는 이미 선택을 마쳤다
저들이 다시 비열한 동맹을 시작했다
우리의 선택은 하나뿐
아아, 우리의 선택은 하나뿐

너희들이 손끝 하나 댈 수 없다
이것은 우리의 피로 만든 물건이다
이것은 우리의 최소한의 집이요 성이요 역사다
너희들은 결코 손댈 수 없다

격 정

내가 유일하게 열광했던 스타는
육상선수 그리피스 조이너

그녀가 경기장 트랙을 달릴 때
티브이 앞에서 나는 완전히 넋을 잃었다

종마처럼 긴 다리와 잘록한 무릎과 발목
피스톤을 장착한 엉덩이의 근육들이
일시에 수십 기통의 격정을 점화시키며

긴 머리채를 저공 비행의 프로펠러처럼
바람에 휘날리며 거침없이 내달리던 흑인 여자

슬픈 나이 서른여덟에 그녀가 죽었단다
내게는 그녀가 출발선에서 태어나
꼭 백미터의 격정을 살고 간 것 같다
문득, 내 인생이 몇걸음이던가

사랑의 격정은 삶을 정화하고

자유는 거침없는 곳에서 오고
인생은 광야처럼 비어 있다

중력장

꿈은 중력을 극복하는 전략일 뿐이다 내 어릴 적엔 과학
자 되는 꿈만 꾸었다 그때도 중력은 답답한 물건이었던지
허공을 나르는 기계 만들 꿈만 꾸었다 운명은 중력에서 시
작되었을 것이다 또 이런 발명을 꿈꾸기도 하였다 예컨대
캄캄한 밤중에도 눈길만 주어도 불이 환히 켜지고 동력이
움직이는 장치를

이도 저도 못되고 나는 노동자가 되었다 그러고는 내 꿈
을 접었다 하늘을 날고 눈길로 세상 밝힐 꿈보다 고역의
노동에서 일 할만이라도 감해진다면 서른 날에 이틀이라도
쉴 수 있었다면 나는 곧 날개를 달았을 것이다

어느날 우연한 영감이 있었다 사람들 가운데 그 많은 사
람들 가운데 어쩌자고 다가오는 눈길이 있었다 여인의, 한
번의 눈길에, 내 가슴의 모든 필라멘트가 끊어질 듯 밝아
오고 발 아래 중력이 사라졌다 이것은 발명품이 아니라고
말하는 사람도 있다 그러나 이것은 과거에도 무수히 있어
왔고 현재에도 계속되며 모두의 것이면서 오직 나만의 아
주 독특하고 획기적인 발명품임에 틀림이 없다

그러나 이건 너무 혹독한 물건이었다 아주 불안정한 장치였고 예기치 않은 작동으로 때론 너무 위험한 물건이었다 이내 필라멘트는 과열로 끊어지고 날카로운 조각들이 가슴에 박혔고 공중에서 알몸으로 곤두박질을 치고 영혼은 병이 들고 말았다 지금도 나는 신분만큼 무서운 물건이 세상에 없다고 생각한다

삼 년을 희망의 공동묘지에서 살았다 나는 마침내 고통에서 해방되는 기술을 찾았다 그건 발명품은 아니지만 복잡한 회로를 다루는 나의 솜씨와 관계가 있다 모든 스위치를 내리는 일이었다 희망이란 중력을 극복하는 의지이다 내게 남은 모든 희망의 폐쇄회로를 타고 의지의 신경망을 꺼버리는 일이었다 그리고 나는 캄캄한 밤중을 거꾸로 걸어다녔다

그러던 어느날 무심코 나는 자각했다 나는 늘 그러하다 누가 무슨 일의 계기를 물어올 때 나는 당황한다 내게 일어나는 대부분의 일은 계기가 없다 나는 그저 무심코 내가

매우 불철저하다는 사실을 알고 혐오했다 모든 의미를 다 지웠으면서도 내 가족의 생존을 위한 몸짓은 중단할 수 없었고 이율배반이었다 그것은 내게 참을 수 없는 혐오를 가져왔다 무심코 털고 일어났다 그러기에 자생적인 것이었다 그리고 나는 위대한 책을 읽었다 읽으면서 줄곧 자만했다 전에 나도 이미 그렇게 생각했다 그래서 어쩌랴 공포의 어둠에서 불 밝혀 우리가 우리의 가슴에 빛이 되지 못하면 억압과 착취의 사슬을 끊고 운명적 중력장을 벗어나지 못하리라 그 숱한 낮밤을 굶주림으로 바쳤다

나는 조용히 철창 속에 앉아 있었다 더이상 누구의 가슴에도 불 밝히지 못하는 까만 가슴을 들여다보고 있었다 앞서간 이들은 저만큼에서 돌아오고 지배에서 벗어날 권력에의 의지를 외쳤으나 권력 지향의 사욕으로 물들고 꿈꾸는 것은 더이상 해방이 아니라 사유물에 대한 관심이었다 역사는 직선 거리가 아니고 던지는 힘과 순간의 각도가 결정하는 날아가는 돌이 아니고 아, 그러다가 나는 불확정론자가 될 뻔하였다 역사는 정제된 물줄기가 아니고 구정물과 똥물과 악취가 함께 흘러가고 그리하여 난 다시 발명가를

꿈꾼다 모든 영감은 허공에서 일어난다 눈길 한번에 저 고
해의 쓰라린 가슴들이 허공중에 환히 밝아지고 허공만이
창조의 모태이나 이를 억압하는 인간과 인간 사이 권력의
중력장을 끊고 그리하여 온전하고 환한 하나인 생명을 꿈
꾼다 어디에고 미치지 않은 곳이 없고 모공 하나 모자라지
않는 생명 하나 발명할 꿈을 꾼다

밥 먹고 보자

밥은 먹어야지
여하튼 밥은 먹어야지
너도 한그릇 나도 한그릇
무기수도 한그릇 양심수도 한그릇
사형수도 한그릇 강간범도 한그릇
밥은 줘야지
마누라 팔아먹은 놈도 한그릇
나라 팔아먹은 놈도 한그릇
애비 잡아먹은 놈도 한그릇
반란 수괴범도 한그릇
학살을 자행한 놈도 밥은 한그릇

저기 내 동포, 죄 없이 굶고 우는 내 핏줄
밥은 먹어야지 밥은 먹여야지
밥 앞에는 만인이 평등한 법
법 앞에는 만인이 평등한 밥
밥 먹을 땐 종을 치지 하던 일 중단하고
밥 먹고 보자, 그러자 밥 먹이고 보자
노역 보낼 놈 노역 보내고

징벌 받을 놈 징벌방 보내고
사형시킬 놈 목매러 보내도
밥은 먹여 보낸다 밥 먹고 보자

위대한 사상, 민족의 큰 별
유사 이래 탁월한 영도
좋다 좋아 밥 먹고 보자
식민지 감옥에도 한그릇 밥은 평등하다
밥은 그 자체가 사상이다
그릇에 담기는 원초적 사상이다

밥도 못되는 사상보다
남은 밥도 줄 줄 모르는 사상이
먼저 무너져야 한다
법 먹고 보자
법 먹이고 보자

거대한 것인 줄 알지만

거대한 것인 줄 알지만
세상을 지배하는 것이

가파른 벼랑 끝 거대한 바위는
사소한 쏠림이 그의 존재성이다

위험한 노동이나 고공 작업을 해본 사람이라면
목숨이 옷의 실오라기 하나 단추 하나에도
매달린다는 것을 안다

봄날 졸음보다 작은 힘이
꽃잎 떨어져 휘어진 물결보다 작은 것들이
어깨선 굽은 그 작은 곡선보다 미세한 굴곡이

거대한 것인 줄 알지만
인생도 그렇거니
가지 하나가 줄기와 뿌리 전체를 낳기도 하거니
한 착각, 한 걸음에 전체가 실리기도 하거니

작은 정성이기도 하거니
기도와도 같은 작은 파장이기도 하거니
마침내 침묵과도 같이
오고 감도 없는 것과 같거니

장항리사지

잡초 푸르네
달빛 푸르네

꿈인 듯도 하고
전설인 듯도 하고

천년을 품고 기다렸던가
폐허의 삶

인연은 바람,
흩어진 후에야 비로소 사무치는가

나는 옛적 신라의 승려
무얼 좇아 여기 다시 돌아와

가슴을 쳤던가
피가 끓었던가
아, 회한의 눈물

인연은 바람,
얼마를 사무쳐야 그 얼굴 다시 뵈올까

스스로 연민에 빠지는
어스름 숲 그림자

잡초 푸르네
달빛 푸르네

내가 내릴 곳

잠시 졸았나보다
저녁 귀갓길 버스 차창에 기대어
여긴 어딘가, 내릴 곳을 지나쳤나
낯선 거리 불 밝힌 풍경이 환하다
어쩐지 모든 것이 있을 곳에 그대로 있고
거리 거리가 그대로 정겹다
그 안에 내가 풍경인 듯 비치고

그러나 이곳은 내가 지겹도록 다니던 거리
내 답답한 삶이 구석구석 배인 거리 아닌가
방향 감각을 찾고 보니 그만 환하던
거리의 불빛들이 때 전 듯 흐려진다
가쁜 숨 몰아쉬며 뒤엉켜 혼탁하던 거리로 바뀐다

누가 세상을 허망하다 하나
허망한 것은 내 눈과 습관이다
누가 육신을 부질없다 하나
부질없는 것은 내 생각과 관념이다

나를 살아온 건
나에게 붙어 기생해온 습관들
아니면 습관에 내 삶이 기생해왔다
이제 이곳은 내가 내릴 곳이다

미륵사지

별처럼 먼 날이라고 했나요
꽃처럼 가까운 날이라고 했나요
백날을 쪼아 천날을 다듬어
기다리면 오실까요
땅의 신음 사라지는 날
님의 마음 열리는 날

그 모습 잊을까 돌에 새겨 기다렸네
오실 날까지 내 못 살고 죽을까봐
이 마음 돌에 새겨 천년을 살게 했네

천년 흐른 새벽 월악산 눈 내려 희고
거듭거듭 몸을 벗고
돌아와 그 얼굴 산에 비추니
돌아와 내 얼굴 돌에 비추니
눈 위에 부는 바람이
돌의 이마를 문득 깨우네
오마던 님과
기다린 사람이 둘 아니라네

아아, 그래도 이 마음
이리도 울고프게 저리는 것은
아무래도 못다 이룬 몸의 인연 그리워

역 광

반나절이나 흐르도록 기껏
나뭇잎 두어 장 물들였을 뿐인
그런 가을 그런 햇살이었다
나는 지나가는 길이었다
비탈진 산동네 담이랄 것도
마당이랄 것도 없는 한 집 녹슨
수돗가에서 여자가 빨래를 하고 있는데

늦가을 햇살은 길고 역광이라서
담 그림자는 그을음이 일도록 새카맣고
마당은 눈이 시리도록 그림자가 흰데
여자는 그렇게 빨래를 하고 있었다
이따금 엉덩이가 위로 들리니 가슴이 아래로 처지고
엉덩이가 아래로 내려오니 가슴은 위로 출렁거리나
고요하고
여자의 그림자는 검고
여자의 허벅지는 눈이 시리도록 희나
고요하고

움직이는가 싶더니 고요하고
고요한가 싶더니 바람이 일고
흔들리는가 싶더니 무심하고
무심한가 싶더니 저려오고
웃고 우는 것이 다 저와 같이 흑백이던가
아, 별것도 아닌 일을
사는 일이라곤 정말 별것도 아닌 일을

흰 그림자 검은 그림자
그리고 흔들리는 것

아직도 무거워
먼길 가는 길이었다

겨울 조정환

한 계절이 저물었습니다. 한 시대가 기울었습니다. 한 해가 또 간밤 꿈처럼 흩어졌습니다. 저물어버린 것을 돌아보면 꿈 아닌 것이 없습니다. 내가 살아온 모든 날들이 간밤의 일로 여겨지면서 나는 균형을 버렸습니다. 바다에 난 길처럼 어디에나 있고 아무데도 없는 길을 택했습니다. 두 개의 변경과 하나의 중심마저 버렸습니다. 나는 그렇게 새벽을 달려갔습니다. 내 마음에서 구하고자 하면 할수록 먼 밖을 돌아와야 하고, 몸짓으로 다 채운 후에라야 그것이 비었다는 것을 알기 때문입니다. 나는 그렇게 균형을 버리고 바다를 택했습니다.

폐 오래된 일입니다. 우린 쫓기고 있었고 새해엔 더구나 갈 곳이 마땅찮아 겨울 치악산으로 해맞이 갔던 기억이 납니다.

투명한 정신과 담백한 심장과 맑은 눈을 가진 사람, 눈 덮인 산에 부는 바람처럼 서늘함을 지닌 사람.

올해도 소식도 모른 채 인연으로 치면 천년을 넘게 이어온 사람들과 산을 넘어 바다로 첫날 새벽을 달렸습니다.

어둑한 새벽 무룡산을 넘어 정자 신명 하서 나아 그리고 감은사지가 지척인 봉길리까지 검은 바다를 끼고 달렸습니다.

해를 맞이할 수 없었습니다. 진회색 구름이 두텁게 깔리고 파도가 밀리는 모래들 위에 추적추적 빗방울마저 내리는 것이었습니다.

그 길고 축축한 해안을 따라 마치 축제라도 열리는 거리처럼 사람들로 가득 차고 도로는 차들로 꽉 메워져 있었습니다.

구름 뒤로 희미한 여명이 비칠 뿐 해는 영 볼 수가 없어도 사람들은 자리를 뜨지 않았습니다. 실망하는 기색도 보이지 않았습니다.

충분한 시간이 지났다는 것을 알고 사람들은 돌아섰습니

다. 아무도 아쉬운 표정을 짓지 않았습니다. 먼 바다에 눈길 한번 주고는 다들 돌아갔습니다.

토함산 자락을 타고 왔습니다. 외동 고갯마루에 올랐을 때 해는 터진 구름 사이로 모습을 드러내고 있었습니다. 그때사 그처럼 그 이유를 나는 선명히 알았습니다.

사람들은 그것을 알고 있었습니다. 자신도 모르게 심중에 숨겨둔 것입니다.

그곳에 있었다는 것입니다. 그때 그곳에 그렇게 있었다는 것입니다. 그렇게 시작했다는 것입니다. 축축한 곳에 곯아떨어지지 않고, 어두운 곳에 코를 처박지 않고, 자신의 모든 것이 새로워지기를 기다리며 그곳에서 그렇게 맞이했다는 것입니다. 기다린 것은 해가 아니었습니다.

사람에게 역사란 이런 것이라고 나는 생각합니다. 지난 한 시대를 두고 성과를 저울질합니다. 패배했다고도 하고 아직 끝나지 않았다고도 합니다. 그러나 먼저 우리 스스로

가 확인할 일이 있습니다. 안타깝게도 권력에의 욕망과 사욕으로부터 스스로 정화하지 않고 어떠한 판단도 모색도 부질없는 것입니다. 역사 앞에서 우리는 끝내 빈손일 뿐입니다.

역사가 우리에게 묻는 것은 이것입니다. 너 어디에 있었느냐, 넌 그때 무얼 하고 있었느냐, 너는 어디서 무얼 하고 있느냐, 그것이 전부입니다. 역사가 묻는 것은 곧 내가 나에게 묻는 것입니다. 우리의 대답은 빈손입니다.

승리냐 패배냐가 아니라 존중입니다.

이 우주에는 머무름도 없지만 사실 균형도 없습니다. 긴장이 낳은 흐름만 있을 뿐입니다.

그러므로 인간은 존재가 아니라 '어떤 상태'라고 나는 믿습니다. 그러므로 인간은 실체가 아니라 '어떤 종류의 성질'이라고 나는 믿습니다. '상태'와 '성질'이 촉감할 수 있는 그림자를 만들 뿐이라고 나는 믿습니다. 그러므로 인간에게 부여된 모든 것은 자유의 영역입니다. 끝없는 대지입니다.

　새해 첫날만이라도 함께 있고 싶은 사람, 맑은 눈과 투명한 정신과 담백한 심장을 가진 사람, 안과 밖의 경계가 없는 사람. 첫날엔 봉길 바닷가에서 기다리지요. 그 동그란 시선이 해를 그립니다.

길은 광야의 것이다

얼마를 헤쳐왔나 지나온
길들은 멀고 아득하다
그러나 저 아스라한 모든 길들은 무심하고
나는 한 자리에서 움직였던 것 같지가 않다

가야 할 길은 얼마나 새로우며
남은 길은 또 얼마나 설레게 할 건가
하지만 길은 기쁨과 희망을 안겨주었고
동시에 나락으로 내몰았다
나에게 확신을 주었고 또 혼란의 늪으로 내던졌다

길을 안다고 나는 감히 말하지 못한다
그러나 나는 보았다 되돌아 서서
길의 끝이 아니라 시작된 곳을 찾았을 때
길이 아니라 길을 내려 길을 보았을 때
길은 저 거친 대지의 것이었다
나는 대지에서 달아나지 않았으므로
모든 것은 희생되었다 그러자,
한순간에 펼쳐진 바다와 같은 아, 하늘에 맞닿아

일렁이는 끝없는 광야의 그늘을 나는 보았다

우리들 삶은 그곳에서 더이상 측량되지 않는다
우리들 꿈은 더이상 산술이 아니다
길은 어디에나 있고 또 없다

길은 대지 위에 있으나
길은 자주 대지를 단순화한다
때로는 대지에서 자란 우리를
대지에서 추방하기도 한다
우리가 헤쳐온 길이 우릴 버리기도 한다
길은 자주 대지의 평등을
욕망의 평등으로 변질시키고
대지의 선한 의지를
권력의 사욕으로 타락시킨다

삶이란 오고 가는 것일까
인생이란 흐르는 길 위의 흔적일까
저기 출렁이는 물결을 보아라

116

허공에 맞닿아 끝없이 일렁이는 물결을 보아라

길이란 길은 광야 위에 있다
길 위에 머물지도 말고 길 밖에 서지도 말라
길이란 길은 광야의 것이다
삶이란 흐르는 길 위의 흔적이 아니다
일렁이어라 허공 가운데
끝없이 일렁이어라 다시 저 광야의
끝자락에서 푸른 파도처럼 일어서는
길을 보리라

시장에서 산정으로

이   영   진

1

어디로 가는 것인가
살자고 하는 짓인데
아름답던 작은 어촌 쇠말뚝을 박고
우리가 쌓은 것이 되레 우리를 짓이기고
가야 할 곳마다 철책을 둘러치고
비켜 비키란 말야!
죽는 꼴들 첨 봐! 일들 하러 가지 못해!
앰뷸런스 달려가고
뒤따라 걸레조각에 감은
펄쩍펄쩍 튀는 팔 한짝 주워 들고
싸이렌소리 따라 뛰어가고 그래도
아직도 파도는 시멘트 바다 아래서 숨죽여 울고
── 「지옥선 2」 부분

대형 조선소가 들어서면서 작은 어촌이 붕괴된다. 주민들은 그물을 던지던 손에 망치를 들고 철판을 두들기기 시작했다. 만선의 꿈을 접고 열악한 작업조건을 감수해야 하는 조선소의 임금노동자가 된 것이다. 이같은 상황은 7, 80년대 산업화가 심화되면서 농어촌 곳곳에서 거의 동시다발적으로 벌어진 일이었다. 농어촌이 해체되면서 주민들은 '자기 땅에서 유배'당해버렸다. 고향을 잃은 사람들의 삶은 고향 속에서 고향을 상실하는 극단적인 소외로 이어졌다.

이같은 고향 상실과 소외에 따른 분노를 백무산은 「지옥선」을 통해 통렬하게 노래했다. 임금노동자로 전락한 어촌 주민들의 급박한 생존조건이 생생하게 전달되어오는 그의 시를 내가 받아든 것은 1984년 무크지 『민중시』를 편집할 때였다. 관념적인 단어는 단 한마디도 동원되지 않은 그의 「지옥선」 연작에는 당연히 '억지가 끼여들' 여지가 없었다. 그의 분노는 자연스러웠고 또한 절박했다. 나는 직감적으로 이 시의 작자가 노동자임을 알 수 있었다. 그것은 적지 않은 충격이었다. 상투화된 분노와 당위를 앞세워 목청을 높이던 인텔리 출신의 시인들은 결코 흉내낼 수 없는 생활현장의 '실감'이 나를 압도했다. 새로운 '시인'이 나타났음을 확인하는 순간이었다.

당시의 충격이 컸던 탓이었는지 십수년이 지난 지금까지 '백무산'이라는 이름은 나에게는 낯설게 느껴진다. 그 이름을 호명해 두 개의 큰 상이 주어지고 세 권의 시집이 상재되도록 나는 아직 그가 '백봉석'이던 때의 신선한 충격을 지우지 못하고 있다.

광주의 학살로부터 시작된 80년대의 긴장은 '인간해방'과 '노동해방'에 대한 강렬한 욕구로 이어졌다. 지식인들은 '역사에의 열렬한 헌신'을 요구받고 있었다. 억압과 폭력을 넘어선 미래를 위해 광범위한 사회과학적 탐색과 실험이 진행되었다. 그러나 폭발적인 담론을 주도하던 진보적인 활동가들은 다투어 당파성을 강화하기 위해 에너지를 쏟아부었다. 지나친 논쟁은 해방의 전제조건인 '인간'과 '노동'의 객관적 현실을 깊이 천착하기보다 정치적 헤게모니 장악을 위한 관념적 급진성을 내세우는 데 더 급급해져 있었다.

그들의 급진성과 헌신에의 열정은 '과학'이란 명분을 앞세워 마음껏 목청을 높일 수 있었다. 이런 상황은 구체적인 삶에 근거를 둔 진솔한 체험과 그로부터 비롯된 일상적 언어들을 '소시민성' '문학주의' '감상주의'라는 이름으로 쉽게 매도하기 일쑤였다. 서정적 비애가 곧잘 감상이나 패배주의로 내몰리는 일 또한 적지 않았다. 당위와 현실의 '격차'를 극복해보려던 미학적 고려는 당대의 정치적인 역동성에 휘말려 문학 내부에서마저 중요한 쟁점으로 부각되지 못했다. 모든 언어는 그 형상적 높이보다 정치적 '태도'가 더욱 중요한 미덕이 되곤 하는 상황이었다. 하지만 김남주의 『나의 칼, 나의 피』나 박노해의 『노동의 새벽』, 그리고 백무산의 『만국의 노동자여』 등 뛰어난 미학적 성취를 이룬 시집들이 80년대의 문학을 선도해간 측면을 감안한다면 문학적 감동은 급진적인 정치적 태도나 기획만으로 손쉽게 얻어지는 것이 아님을 확인하게 된다. 투옥과 분신이 반복되던 당시의 시대적 상황은 치열한 대결의식을 요구했고 급박한 시대적 정서를 반영하는 '유격적 감수성'은 어떤 미학적 성취보다도 우선하는 고려 사항으로 여겨지기도 했다. 군사정권의 폭력이 가혹했던만큼 자기 희생을 감내하는 '헌신성' 우위의 분위기는 서정시에서마저 '부드러운 힘'을 빼앗아가버렸다. 이것이 80년대가 정치적 포즈로서의 시를 양산하게 된 이유였다.

2

　노동현실의 '몸'을 얻지 못하고 있던 당시의 민중시에 있어 백무산의 시들은 노동해방에 대한 진보적 지향성이 일상적인 삶의 무늬로 체현된 하나의 모범이었다. 당시의 노동시들이 다투어 노동자들의 척박한 노동현실과 짓눌린 실존의 조건을 보여주고자 몰두했으나 체험의 공소함을 메우기에는 역부족이었다. 현장 노동자들에 의해 씌어진 많은 시들도 소박한 일상적 재현에 머물렀을 뿐, 폭넓은 공감을 이끌어내지는 못하고 있었다. 그러나 조선소의 비인간화된 작업현장과 노동자들의 피땀어린 싸움을 형상화해낸 백무산의 시들은 펄펄 살아 있는 육체의 현시 그 자체였다. 언어가 현실에 뜨겁게 밀착해 달궈지면서 시대적 핵심을 포착해내는 데 성공한 그의 시들은 노동시에 대한 새로운 가능성을 열어놓았다.

　80년대 초반에 받은 이런 신선한 감동은 백무산에 대한 오랜 믿음으로 내게 남게 되었다. 그것은 어쩌면 하나의 문학적 고향에 필적하는 것으로서 이후에 진행된 그의 모든 실천을 이해하는 근거가 되고 있음을 실토하지 않을 수 없다. 그가 '봉석'이란 이름을 '무산(無産)'으로 바꾸어 좀더 분명한 계급적 지향을 드러냈을 때나 '사노맹'과 같은 급진적 운동에 투신해 수배를 받고 있을 때에도 그와 그의 문학에 대한 깊은 신뢰를 유지할 수 있었던 것은 그 모든 선택이 자신의 실존적 근거 위에서 구상되고 실천되는 것으로 알아 의심치 않았기 때문이다. 애드벌룬 같은 급진적 구호들을 띄워도 그 지표에 임하고 있을 그의 일상적 현장성을 쉽게 신뢰했던 까닭이 거기에 있었다. 그가 삶의 치열한 과정을 통해 담보하는 언어와 자신을 포함한 시대 전체를 비판적으로 통찰해내는 직관, 그리고 세계의 갱신을 위해 지향성을 포기하지 않는 '변혁적 정신의 일관성'은 한층 달라진 세계를 보여준 연전의 시집 『인간의 시간』에서도 그대로 유지되고 있으며, 이번 시집 『길은 광야의 것이다』에서도 여전히 어쩔 수 없는 배음을 이루고 있다. 그는 여전히 세계 전체에 대한 새로운 기획과 근원적인 가치지향의 싸움을 멈추지 않고 있다. 불교의 선(禪)적 비의에 깊이 침잠해 들어가고 있는 것도 '무소유'의 근원적인 깨달음이 '소유'를 극대화하는 자본주의에 대한 적극적인 저항의 방편이 된다고 이해하기 때문일 것이다. 사실, 수사와 논리에서 가장 급진적이었던 명망 높은 활동가들이 90년대를 통과하면서 갖가지 명분과 현실논리를 앞세워 체제에 포섭되어버린 이유는 백무산의 지적대로 사적 욕망을 컨트롤하는 데 실패했기 때문일지 모른다. 그들은 체제의 논리를 반박하고 과학적 논리적 대안을 제시하는 데는 일정한 성과를 거두었지만 그 대항논리가 삶의 구체적 모습 속에 어떻게 구현되어 있는가를 밝히는 데는 실패했다. 그들의 '밝히지 못했음'은 곧 자신이 말한 논리를 실천적 기율로 자신에게 적용하지 못했음을 반증하는 것이다. 그러나 노동계급의 '정치주체화'를 꿈꾸었던 백무산은 사회주의권의 몰락과 사노맹의 해체로 자신의 기획이 실패한 이후에도 재빠르게 변신하지 않았으며 자신에게 던져진 삶을 '피하지 않고' 견뎌낸다. 세번째 시집 『인간의 시간』은 실패한 사회주의에 대한 반성을 토대로 90년대를 통과해나온 자의 정직한 고통과 변화하는 세계에 대한 갈등을 잘 드러내 보인다. 따라서 긴장을 유지한 채 '꿈꾸기'를 포기하지 않는 그에게서 실패한 급진적 활동가들과는 다른 모종의 변별점이 느껴지는 것은 너무나 당연한 것이다.

그의 시에서 한결같은 것이 있다면 그것은 내용을 앞세워 미학적 형식을 일탈하지 않는다는 점이다. 정갈스럽고 탄력 있는

가락, 안정된 호흡, 세련된 시적 틀 따위들은 어느날 홀연히 문학의 길에 나선 비(非)인텔리의 서툰 발성법이 아니다. 그것은 육체노동의 구원성(救援性)을 체험한 자의 것이기도 하지만 동시에 한국시단의 맥을 더불어 호흡하며 습득되고 훈련된, 다분히 문학사적인 연관성 속에 놓여 있는 것이기도 하다. 『인간의 시간』은 노동 혹은 현장의 실감이 상대적으로 줄어든 반면 일상 혹은 존재론적인 고뇌는 더욱 심화되어 있다. '꿈'과 '현실', 이 양자의 경계에 선 자의 고통과 균형이 돋보일 때도 시 형식의 미학적 배려로 인하여 그의 시는 현실과의 긴장이 느슨해지지 않는다. 시적 진정성과 유토피아에 대한 기획을 폐기하지 않음으로써 '전체'에 대한 개괄의 정신 역시 놓치지 않았다. 그 점이 바로 시대적 중압감을 받아내는 그의 시적 현재성일 수 있다.

어쨌거나 백무산에게 한때 희망의 과잉이 있었다면 이제는 회의의 과잉이 있다. 낙관이건 회의건 실존적 근거가 있었다면 과잉의 슬픔은 그의 기획을 꼼짝없이 시적인 것으로 내몰게 한다. 그는 이제 삶의 가장 근원적인 물음과 성찰에 많은 시간과 언어를 바치고 있다. 그것은 일견 90년대 시단의 흐름과 유사해 보이는 데가 있다. "그러나 과거를 남기지 말아라／이제는 저 모든 사라짐의 쓸쓸한 긴장도／현재가 되게 하라／생존과 현재는 저 허망의 거리까지／확장하라／인생은 길이 아니라 광장에서／다시 시작된다"(「참을 수 없는 또 한 시대가」). 모든 사라짐의 쓸쓸한 긴장까지도 현재가 되게 하라고 다짐하는 그를 가리켜 '찰나'에 대한 도취라고 폄하하기는 어렵다. 그는 찰나에 스쳐 지나가는 '일상의 사소함'을 통해 '거대한 논리의 몸'을 증명하는 데 삶의 진실을 바칠 줄 아는 시인이다. 인간해방과 노동해방에 대한 여전한 당위와 그 거대한 연관·맥락을 의도적으로 배제하는 '작은 것'들 속에는 체제에 순응하는 내재화된 기율이

숨쉬고 있다. 그러므로 백무산의 '찰나'와 '사소함'에 대한 천착은 최근 문단에 횡행하는 '작은 것 사랑하기'와는 근본적으로 다르다. 실체가 없는 정신적 태도만으로서의 '작은 것'은 스스로 범주를 설정하고 자족하는 무비판적 안일과 도피를 겸손으로 둔갑시키기 십상이며, 인간을 자유롭게 해방하기보다 외면하기를 가르친다.

3

여기에 비추어 백무산은 그에 역행하는 방법의 하나로서 '무소유', 혹은 모든 욕망을 해체하는 '존재의 초극'을 제안한다. 그가 후기에서 "존재를 비워내지 않고 우리가 극복할 수 있는 것이 더이상 없다"고 밝힌 그대로 그는 최근 '마음을 살해'하는 일에 몰두하고 있다. 그것은 『인간의 시간』에 실린 「마음을 살해하다」의 연장에 선 것이면서 동시에 "부처를 살해한다"(卽是殺佛)는 불교적 공안과도 일치하고 있다.

> 그러면 죄악이란 무엇이겠느냐
> 눈에 보이는 것들 살아 있는 것들
> 다 쏴 죽이고서
> 그 시체들이나 잔뜩 쌓아두고 있는
> 마음이여
> 너를 살해한다
> ──「마음을 살해하다」 부분

시시비비를 가리는 분별심과 스스로의 모순을 만드는 사적 욕망이 모두 마음에서 일어나므로 이를 '살해'해야 한다고 주장하는 것은 얼핏 가치판단이 중단된 불가지론적 세계에 빠져든 것처럼 여겨지기 쉽다. "마음이 세상을 비추는 거울인 줄 알았더니/녹슨 청동거울보다 못하다"(위의 시)는 인식은 세상을 비추는 거울이 불완전했던 것에 대한 뼈아픈 반성을 담고 있다. 이 마음으로 인하여 "살아 있는 것들"을 "다 쫘 죽이"는 결과를 낳았다고 그는 비통해한다. 80년대의 급진적인 운동에 대한 반성을 토대로 한 이러한 변화의 기미는 이미 "세상의 반만 가지고 살고 싸웠느냐"(『인간의 시간』의 「달」)고 물었던 것을 상기한다면 쉽게 예감할 수 있었던 일이다. 따라서 이번 시집에서 '온전한 전부'를 살고 싸우려는 의지를 읽게 되는 것은 당연한 것인지도 모른다.

그러나 지나간 시대의 모순에 대한 통렬한 비판적 성찰만으로 새로운 세계에 대한 설득력 있는 기획이 저절로 확보되는 것은 아니다. 물론 시인이 사회과학자나 철학적 담론을 생산하는 자는 아니다. 시인은 구체적인 현실적 대안이 아니라 실감나는 삶의 풍경을 통해 새로운 세계에 대한 창조적 울림을 예시할 뿐이다. 백무산은 이번 시집을 통해 '물러설 수도 서 있을 수도 없는' 경계인으로서의 힘겨운 고투를 버리고 경계를 벗어나고 있다. '산정과 세상 사이의 놀라운 평형'에서 산정을 향해 존재를 이동시키고 있다. 그러나 경계를 벗어난 자리(離邊)에서 그가 만난 것은 놀라운 경이로움이나 지극한 평안함으로 가득한 세계는 아닌 것 같다. 그는 질척거리는 저잣거리의 흡인력을 떨쳐버리고 무변의 세계로 나아가는 심회를 사노맹의 동료였던 조정환에 대한 회상을 통해 비교적 소상히 밝히고 있다.

내가 살아온 모든 날들이 간밤의 일로 여겨지면서 나는 균형을 버렸습니다. 바다에 난 길처럼 어디에나 있고 아무데도 없는 길을 택했습니다. 두 개의 변경과 하나의 중심마저 버렸습니다.

──「겨울 조정환」 부분

변경과 중심마저 버렸다는 그의 홀가분한 태도는 원효가 주석을 단 『금강삼매경』의 이변이비중(離邊而非中)의 정신을 닮아 있다. 좌(左)도 우(右)도 자신(我)도 버림으로써 그가 도달하고자 하는 곳이 어디인지 구체적인 혼적은 보이지 않는다. 다만 그가 '바다에 난 길'처럼 어디에나 있고 아무데도 없는 대자유의 정신적 경지에 들어섰음을 감지할 뿐이다. 그러나 그의 이런 선택에도 불구하고 그의 시 곳곳에는 고립된 자의 쓸쓸함이 배어 나온다.

여자는 이고 가는 새벽 동잇물처럼
걸을 때마다 몸 전부가 찰랑거렸다

여자는 움직일 때마다 비단천 꽃무늬가
온몸에 물무늬처럼 흔들리며 속이 다 비쳤다

──「인연」 부분

여인의 관능적인 생동감이 놀랍도록 극명하게 포착되고 있는 이 시는 에로스적 충동이 끝까지 유지되지 않는다. 욕망의 멸집(滅執)에 도달하기 위한 그의 선승(禪僧) 같은 태도가 이런 아름다움을 곧 타나토스적인 것으로 전환해버린다. 그는 이같은 아름다운 현상이 "조화인가 착각인가"라고 반문한다. 현상과 본질에 대한 그의 회의는 이제 문학적 경계를 넘어 색즉공(色卽空)이 순환하는 아득한 연기(緣起)의 세계로 들어서고 있다.

126

기껏 "무량겁의 인연이나 생각"하고 있다는 그의 어조는 절대의 경계마저 넘어서는 어떤 불가항력의 경지 앞에 서 있는 유한한 존재들의 무기력함을 담아내고 있다.

『인간의 시간』속에 등장하는「부리가 붉은 새」의 '꿈과 생활의 동시적 실천 의지'("언제나 날고 언제나 둥지를 틀 수 있는/네 자유는 어떻게 얻은 것이냐")는 이제 나타나지 않는다. 그러나 일상과 미적 충동으로 가득 찬 꿈의 총체로서의 현존 '전체'를 이끌고 비상하고자 하는 그의 의지는 갈수록 숨가빠진다. 90년대 들어 이 현실의 일상은 그 비속하고 천박한 포식성을 끝간 데 없이 확대해간 반면, 꿈꾸기는 실감을 잃고 급격히 무기력해지고 외면당하기 시작했기 때문이다. 그는 비속한 삶의 현장에서 떠나 환희와 정적이 교차하는 높은 산정에 스스로를 격리하고 있다. 외로움은 그를 더욱 '영원 불멸한 것'에 매달리게 하고 근원적 가치를 세우기 위한 '총체적 초월'로서의 해탈을 지향하게 하고 있는 것 같다.

해탈이란 절대의 경지에 도달하는 '초월'과는 다르다. 선이란 아주 본질적으로 무정부주의적이며 일체의 제도를 거부하는 '불온성'을 내포하고 있다. 언어를 해탈하여 불립문자(不立文字)의 세계에 들어서기 위한 방편인가 하면, 진리의 본체에 섬광처럼 다가가는 직지(直指)의 깨달음 그 자체이기도 하다. 그것은 인간의 모든 근원적 사유의 저변에 내재한 영구 불변의 진리라고도 한다. 백무산이 "무성하던 잎을 비우고/환하던 꽃을 비우고/마침내 자신의 몸 하나/마저 비워버리고/이것은 씨앗이 아니라/작은 구멍이다"(「풀씨 하나」)라고 말하는, 즉 그 절대의 '성(聖)'화된 상태마저 벗어던지는 것이 바로 해탈이다. 확연무성(廓然無聲), 텅 비어 있는 상태. 이 때문에 백무산은 '허공'을 살았다고 자주 진술한다. 확연무성의 '확연(廓然)'은 이 허공의 메타적 허공이다. 해탈에 이르기 위한 선은 인간의 오감이 불러일으키는 욕망을 멸집하는 것으로 요약된다. 불가에서는 집착과 상투성의 칠흑에 쌓여 있는 아(我)를 소멸시킴으로써 우주 전체로 자아가 확산되어가는 황홀한 경지가 본래무일물(本來無一物)의 상태이며 제법무아(諸法無我)의 경지라고 가르친다. 그곳에서는 삶과 죽음 따위의 모든 차별성은 무화(無化)되고 부정된다.

선(禪)은 끊임없이 굳어져가는 매순간의 허위와 정체마저 용납하지 않으려는 거부의 자세와, 부정을 부정해 대긍정에 이르는 근원 부정의 인식태도일 수 있다. 또한 아(我)를 부정함으로써 비아(非我)에 이르고 끝내 대아(大我)에 이르려는 정신이다. 당연히 권위에 대한 도전이 일어나며, 이성의 오만에 대한, 오염된 언어에 대한 반성이 거듭된다. 심지어 초월적인 정신의 고매함이 저지르기 쉬운 허구마저 깨트려나간다. 이렇게 인간을 고양시키는 모멘트를 끝없이 이어가고자 하는 것이 백무산이 이번 시집에서 선택하고 있는 형식이자 내용이다. 그러나 진아(眞我)에 대한 이런 추구가 하이테크한 산업사회의 다기한 모순을 치유하는 실질적인 기획이 될 수 있을지는 의문이다.

대안으로서의 현실적 정합성과 상관없이 백무산은 근원 부정의 불교적 메시지와 무소유의 가치를 통해 세계를 갱신하고자 하는 의도를 포기하지 않는다. 백무산은 유토피아를 의미 없고 가치 없는 비속한 것들이 자기갱신을 통해 그 본질을 드러내는 '과정의 충일함'이자 그 '지속'으로 파악하고 있는 것 같다. 백무산의 이런 절대화된 시공간에 대한 헌신과 추구는 곧 불교적 해탈과 무소유, 갱신, 비우기, 흔들림 같은 것들로 나타난다.

사람 사는 소리가 응얼거려 알 수가 없다

밖으로 가니 안이 그립고
안으로 가니 밖이 그립고
안팎을 하나로 하겠다고
얼마나 덤볐던가
저 물빛은 안인지 밖인지

오늘 아침 얼음물에 빨래를 하는데
그 물빛이 어찌나 눈부시던지

──「물빛」 전문

　이 시는 백무산의 십수년에 이르는 시력(詩歷)과 노동자로서
의 정체성을 전제하지 않고 읽는다면 거의 종교적 게송으로 읽
기 쉽다. 이항 대립적인 분별과 차이를 인위적으로 통합하려 했
던 과거의 어리석음을 훌쩍 뛰어넘는 선적 인식이 빛을 발하고
있다. 특히 마지막 연의 얼음물과 빨래의 눈부신 이미지는 깊은
산사에 칩거한 산승의 고졸한 정신적 윤기마저 느끼게 한다. 어
디에서도 현실과의 접점을 쉽사리 느낄 수 없는 것은 당연한 일
이다.
　"밖으로 가니 안이 그립고／안으로 가니 밖이 그립고／안팎을
하나로 하겠다고／얼마나 덤볐던가"란 시구는, 장자(莊子)의
친구 혜시(惠施)의 말에서 볼 수 있는 "가장 큰 것은 밖이 없
고, 가장 작은 것은 안이 없다"(至大無外 至小無內)를 연상시
킨다. 안팎 어디에도 걸림이 없이 자유자재로 능소(能所)한 서
정적 주체가 갈등할 수 있는 지점은 과연 어디일까?

집을 지어놓고 이걸 내 집이라고 하고
이걸 사는 것이라 하고 태연하게 사는 사람이

나는 정말 부러웠다
바람도 없이 나는
왜 이리 출렁거리는가

 ──「출렁거리는 사람」부분

중국 대륙에 선종의 르네상스를 개화시킨 마조(馬祖)와 그의 스승 회양(懷讓)의 선문답, "부처란 정해진 모습이 있는 것이 아니다. 진리(法)란 본시 고착된 모습이 있는 것이 아니요, 무엇에 머물러 있는 것이 아니다."(汝學坐禪 爲學坐佛？ 若學坐禪 禪非坐臥)에는 찰나간도 허위를 용납치 않는 진리의 절대적 상태가 언급되고 있다. 백무산의 "바람도 없이 나는／왜 이리 출렁거리는가"라는 은유적 진술은 선문답에 나타나는 본원적인 진리에 대한 그리움과 닮아 있다. '머물러 고착되어 있어서는 진리를 깨우칠 수 없다'는 깨달음이 그의 흔들림의 이미지를 구성하고 있다.

백무산은 근원 부정을 통한 불교적 깨달음으로 자본주의적 소유의 욕망이 빚어놓은 문명의 자기파산적인 해체의 양상에 대응하고 있는 셈이다. 그러나 이러한 성찰이 우리의 삶에서 무엇을 의미하는 것인지, 근본적으로 몰가치를 지향하는 '해탈'이 어떻게 사회적 가치로 현실에 뿌리를 내릴 수 있을 것인지 지켜보아야 할 것이다.

4

백무산의 소외감과 좌절감, 그로 인한 해탈에의 고립적 귀속감은 『인간의 시간』 이후 더욱 강화되어온 것 같다. 급진적이고 비타협적인 세계와의 투쟁은 그만큼의 내면화로 이어져 극단적인 선적(禪的) 지향을 보이고 있다. 그 내면화가 때로는 육체가 없는 투명한 언어를 낳기도 하지만, 어쨌든 그의 관심은 '덧없는 것, 순간적인 것, 우연한 것' 속에서 '영원한 것, 불변적인 것'을 찾아가는 것으로 귀착된다. 그리하여 얼마간 스스로 깊어진 대목이 있음에도 불구하고, 그의 세계는 이전보다 많이 형해화되어 있다.

시가 철학이나 사상과 같은 어떤 '깨달음의 관념체'들과 다른 이유는 그것이 의미망으로서가 아니라, 서정적 주체의 창조적인 긴장과 그로부터 비롯되는 형상적인 언어로 발언하는 것이기 때문이다. 그는 누구보다도 이러한 사실을 깊이 체득하고 있는 시인이다. 그럼에도 불구하고 그의 시적 화자들은 메시지의 전달에 더 많이 기울어져 있는 경우를 볼 수 있다. 어조나 문투에서 드러나는 성격과 태도가 메시지의 의미와 어긋나는 사례도 종종 발견된다.

심심치 않게 마주치는 명령형 종결어미는 시적 화자가 갖는 태도의 높이로 읽힐 수도 있다. 꽤 여러 편의 시가 『인간의 시간』에서 연장되면서 삶의 현장성이 사라진 진술만 남는 현상이 나타난다. 그것은 「지옥선」이 보여준 빛나는 육체성의 자리를 종교적 각성의 언어가 차지했기 때문이다.

니체는 "모든 가치를 부정하는 것은 물론 가치평가조차 하지 않으려는 '수동적인 허무주의'로서의 불교"를 이야기한다. 이같은 니체의 천착에 대해 들뢰즈는 "모든 권위가 허물어진 허무의 시대를 살아갈 삶의 태도로 '생성의 철학'을 만들어내는 현대 철학과의 접점"이라고 논평하고 있는데, 이같은 논평은 백무산의 시들을 읽는 데에도 유효하다.

그의 무소유와 근원 부정을 통한 생성의 메시지는 작금의 세기말적 상황에서 유용한 사회적 가치로 전환될 수도 있다. 어찌면 그는 도구적 이성이 차별과 갈등으로 빚어놓은 이항대립의 모순과 사적 욕망을 통째로 '비워냄[解脫]'으로써 사물과 세계를 본래의 빛나는 상태로 환원, 갱신하고자 하는 기획이 현실적으로 가능하다고 확신하고 있는 것 같다.

후   기

다가올 세기는 분명 지난 세기에 대한 반성의 세기가 될 것이다. 그러나 그것은 지난 것에 대한 잘못과 오류를 수정하는 차원의 것이 아니라, 존재 자체에 대한 근원적 반성이 되지 않으면 안될 것이다. 존재를 비워내지 않고 우리가 극복할 수 있는 것이 더이상 없다는 생각이다. 삶을 비우고 길을 비우고 존재를 비우고 나면 우리가 서 있는 곳이 길이 아니라 광야라는 것을 발견하게 될 것이다.

시가 무엇을 만들고 세우고 굳건하게 하는 것이 아니라, 애써 허물고 기울고 흔들리게 하고 비워내게 하는 것이라고 이제사 나는 믿는다. 그 대상은 무엇보다 '나'라는 아만과 '권력'이라는 폭력과 소외와 억압의 기제일 것이다.

내가 지극히 존경하고 사랑하는 사람들에게 다시 내 허물을 재탕해 드리게 되어 안타깝다. 귀한 자리를 마련해주신 신경림 선생님, 고형렬 형께 고마움을 전한다.

1999년 1월

백   무   산

133

창비시선 182

길은 광야의 것이다

초판 1쇄 발행 / 1999년 1월 15일
초판 3쇄 발행 / 2023년 1월 5일

지은이 / 백무산
펴낸이 / 강일우
펴낸곳 / (주)창비
등록 / 1986년 8월 5일 제85호
주소 / 10881 경기도 파주시 회동길 184
전화 / 031-955-3333
팩시밀리 / 영업 031-955-3399 편집 031-955-3400
홈페이지 / www.changbi.com
전자우편 / lit@changbi.com